果実集

竹内 新

思潮社

果実集

竹内　新

思潮社

目次

I

Ⅱ

III

装幀＝思潮社装幀室

果実集

I

白い花

揺さぶってはいけない
五月の夕闇の白い花
花は咲いただけでは終わらない
いま甘い香りを繭に
年に一度の夢を見ているところだ

空は湿りを帯び
垂直にも水平にも果てしなく
その底の果樹園で

神など思い浮かべることのない花には
自分だけの奢りが一つあれば
それで充分だ
内なる仄明るい祝祭
花たちが見ているのは
半年後の完成自画像
果実の色鮮やかな水系の豊饒

花は見られるときに美しいのではなく
夢見るときに美しい
五月の夕闇の白い花
何故生きるのかと問われたら
夢見たからと答えるはずだ
明日になれば蜜蜂がそれを
この世に送り出してくれる

喜びの黄金色の涙は蜜蜂のものだ
安堵した後なら花弁は
萎れて地上に散らばる抜け殻でよい

都市が実は荒野の上に築かれているように
花は全て荒野に咲いている
それはもうほとんど精神なのだ
揺さぶり起こしてはいけない
明日は実りの始まりの白い花

レモン

ひっそり紡錘形の身体の中へ吸収してしまって（梶井基次郎）

白壁の前や黒い容器のなか
あるいは陶のテーブルに置いても
その単純な色と素朴な形は
埃っぽいガチャガチャを吸収しようとするだろう
ガラスの器に色とりどりに
甘い果実をとりまぜ
さらに透明な光りをたっぷり加えて
そこに埋めても
レモンはますます自己を完結し

明るい混沌を縮み上がらせるだろう

レモンを傷つけるのはレモン自身だ
皮に傷を残すのは枝ごとの棘
内部を傷つけるのは尖ったままの酸味だ
だが内部の傷は跡が残らない
レモンはどこもひたむきに純粋だから
傷もまた再生の糧になって
結晶して内部に漲ってゆく
傷も完璧の一部分のようなものだ
自身に傷つきながら終始
純粋で危うい爆発しそうな自身のままだ

鳥たちが啄んだなら
傷つくのは鳥たちの方だ

光速の棘が全身を貫いてゆく
鳥たちは決して啄みには来ない
枝ごとの棘もいやだが
二、三滴を啄んだだけで
翼も声も縮み上がり
中空に静止してしまう恐れがあるからだ
たとえ二、三滴でも飲み干したいなら
光速の飛びと鳴き声とを失う覚悟が必要だ

人に搾られて滴り落ちるとき
レモンは自分を殺して他を内側から支える
料理に二、三滴たらしたレモンは
一気に染みわたる
舌先のアイスクリームよりも速く
喉ごしのビールよりも深く

紅茶にも牡蠣にも染みわたって力をもたらす
レモンを噛めば
頭の芯まで骨の髄まで染みわたり
悲哀にも苦渋にも歓喜にさえ染みわたってゆく

山麓の岩に置いたなら
岩と記憶を共有しながら
虚空に接して海を眺め
酸味の原型の小さな純粋さを
静かに保つかも知れない
トパーズの深呼吸のような香りに
気付かないまま

撓む

夏が丘に残していった無数の
豊饒へと続く小枝の細道は
クロロフィルの連帯の
情熱を通し続けながら
いま送電線のようにではなく
肩のように撓み
水の形式の
太陽の複製——果実を
垂らしている

細い通路は四周に撓み
丘は貨物満載のコンテナのように
いよいよ重い

このとき
果実は歓喜に輝いて
蓄えられた重量のことを忘れている
蓄えられた春夏のことを忘れている
果実という純粋物になり
陽の光りの只中で
しばらく陶酔の時を過ごす
小枝はたわわに
心残りなく
だがその撓みの全体像が見えるのは
空を指し

空に応じて直立する幹

このとき
幹は丘に根の広がりを感じ
遥かに水平線を眺めている
数えられる歳月の
始まりから終わりまでを貫く重さが
海の深みへ垂れ下がり
水平線が空の端へ
肩のように撓んでいるのを眺める
傷から酸っぱい涙の出た季節はまだ
懐かしい思い出になってはならなくて
水平線が涙の分だけほんの少し撓むのを
眺めている

そこには
絶えず雲が湧き上がり
汚れて悔しい情熱たちも群れ
重く垂れているが
それらが懐かしい思い出に熟すまで
水平線は撓んでいなくてはならず
その内側まで知っているのは
果実の陶酔を支える幹
直立する幹は
内部を撓ませる
小枝の撓みを覚えているのは
少し歪んでいる年輪だ

季節が熟すためには
小枝は撓まなければならず

丘は一斉に歓喜しなければならない
記憶が熟すためには
小枝は撓まなければならず
歳月をすべて数え上げなければならない
果実が熟すためには
小枝は撓まなければならず
連帯を成就させなければならない
豊饒の撓みは
いよいよ最後の均衡に到達し
秋は計量のときを迎える

桃花源

あらくさの最中に光る泉あり春のひかりの在処と思う　（大谷雅彦）

彼はくりかえし夢を見た
漁師となって
小舟で谷あいの川を遡るうちに
いつしか両岸は
一面の桃花の林
芳しい花が色鮮やかに咲き誇り
花びらがひらひらと舞い散っていた
とても不思議に思い
その先を見極めようとしたが

行けども行けども桃花の林
何度も同じ夢を見て
何度も同じ桃の花
花は光の道しるべ
花の先には光の果実が見えるはず
そう思ってはまた夢に入っていった

百回目でやっと
林は途切れて水源に至る
夢が導いていったのは沈黙の山
氾濫する時間が
絶境の最中に流れて
明るく熟しているところ
数百年危うく保たれている光の果実
悲しみと憂いに包まれた

小さく静かな歓喜
怠惰に隣り合う
ささやかな勤勉
威嚇と防御が箱庭に埋葬されて
百年保障の穏やかな日常
そこでは鶏と犬の声で
生活の距離を計っている

彼は絶望して
そこへ逃げ込んだのではなかったので
つい時間を使い捨てる
ということもなく
また元の村に立つことができ
陶淵明になることができたのだった
二度と行けなくなったそこを

もしまた訪ねたいなら
今度は同じ夢を千回見て
千回桃花の林に行き
花を見なければならない
沈黙の山深く入って行き
そのなかに熟した
光の果実を
探し当てなければならない

コンロンの赤いリンゴ

そのリンゴは小さくて赤い
主食は
澄み渡る青空だ
無尽蔵の青空の奥深くを
仰ぎ食べては
心のなかにも
青空を育てている

そのリンゴの

副食は
日常の言葉
それは無言のなかに漬けてあり
心の青空がしみ込んできて
透き通ってくる頃合いに
味見する

何度反芻しても
味わい深く
しかも曇りのない言葉になったとき
はじめて身体に吸収できるが
そんな言葉は
辺境のリンゴには
月に一つで充分だ

数個食べられたら
小さくて赤いリンゴは
誰にも見える永遠のリンゴ
たわわに実るリンゴには
果実の経験がみんな蓄えられ
初心を思い出す果実の
目印になっている

遥かな首都にも
リンゴは上ってゆき
根を下ろすが
青くて深い空が少ないので
食べ物には不自由し
永遠のリンゴになるのは
なかなか困難らしい

新種のビッグアップルは
腐敗しやすく
毒の回りも速いので
それが紙に乗せて
送ってくる言葉は
青空のもとでも透き通らない

何でも食べる
ビッグアップルは
奪い貪る姿を
リンゴたちに凝視されて
苛立ち怒って
自分がリンゴであることを
忘れてナイフを手にする

するとリンゴたちは
心を青空で満たし
言葉に青空をしみ込ませ
月に一つのそれらを
一斉につないで熱くなる
するとコンロンは
リンゴで赤く染まる

葡萄棚の空

もう六十年も経ったのだから
記憶を整理しておこうと思ったのに
昔の心模様は漠然として夜は広すぎて
道案内もなく標識もなく
机上の灯火までたどり着くことはまれだ

僕の記憶はどいつもこいつも
忘れたいことさえも
どこか遠くで仄かに
それぞれに気ままに暮らしているらしい

きっとまだ居場所を見つけていないのだ

自伝をまねて遠近法で並べようとすると
あの時はこうしておけばよかったと
今は淡くなってしまった悔恨が
小波のように追いかけてきたりして
辞世の言葉はもう少し先のことのようだ

その日その下で昼寝をした
夏の終わりの葡萄棚に
心残りはないらしい
昼と夜をつなぎ続けたあとの
もう引き返すこともない
どこへも行かない完熟なのだから
陽に透けて

けむる濃紫の内側に
甘美な曇り
安堵の火照り
遠い記憶と近い記憶の
一房ごとの大団円
そこは再生の始まるところ
陽がまた昇りまた沈むところ

秋の終わりの
葉をすっかり落とした葡萄棚から
極大になった空を見上げたら
遥かな記憶も昨日の記憶も
一枚の絵に描かれたように
静かに隣り合っていた
ちょうど

夜空に遠い星と近い星が
並ぶのと同じ
葡萄棚の空は
カオスにしてコスモス

ちょうどそのように
あらゆる思い出は
今日の僕から等距離になって
星座のように休息してほしい
酸っぱさや苦さが残って
まだ熟していない一年も
懐かしい星の隣で
仄明るく澄んでいてほしい
そうなれば僕はもう引き返さないのに
明日を昨日と同じように迎えるのに

梅

枝からポトリ落ちて
ほんの少し転がった草むら
そこもまた宇宙の果て

梅干しになれなくなって
たった一つの意味を失う
村が蔓に覆われ
名をなくしてゆくように
都市が脱け殻になり

廃墟になってゆくように
時間は滞留し
風景の深みへ沈んで
やがて果肉を失い種だけになる
そこが終わりの見えない流浪の始まりだ
一つの意味への安住は許されない
幻想を居場所にすることはできない
だから梅は墓を持たない
光と影の交互に繰り返される虚無の
奥へ遠ざかってゆく
意味を纏ったものも
また流浪してゆかなければならない

同行するのは
もう名前も不要になった小石や

緑青のコイン
梅との出会いはない
たとえ傍らにいたとしても
別々の流浪
別れの涙もない
時間だけを背負い
湿気を潜り酷暑を抜け
また寒風にさらされ
宇宙の記憶の中を
あらゆる方角へ
何年もさまよってから
やっと朽ちてぼろぼろ砕ける

それでも大丈夫
またいつか帰ってくる

早春が　宇宙の果てから
紅梅白梅を連れてくる
花は惑星の運行に沿って
意味のある方へ
時間の流れている方へ
いつしか　その小川に合流し
いつか通った道をたどり始める

そこもまた宇宙の片隅
絶滅の危惧をすることはない
寒風に咲くのが梅の証明

そこもまた宇宙の揺籃
必ずまた果実を育て上げる
熟しても酸っぱいのが梅の使命

干し柿

イヤホンが
騒音に隠れて激しく歌い
沈黙を拒んでいるとき
里の渋柿は青空へ出て
沈黙に浸っている

沈黙から成る青空
大きな耳のなかである青空
そこでは大気が息をして

雲を浮かべたり
鳥を遊ばせたりする

晩秋の午後
青い沈黙を聴くのは
騒音に隠れたイヤホンではなくて
里の梢に熟れた渋柿
果ての見えない耳のなかの小さな耳

渋柿たちは
青空を吹き渡る風の
何ものも掠めてゆかないその音——
遠い山並みにまで続いている沈黙に
聴き入っている

皮を剝かれ吊されたなら
冬晴れの日
即身成仏するように
安らかな死——全き死を迎え
干し柿になる

それは
果実に残された
沈黙体験の一つ
耳そのものになった干し柿に
芭蕉も子規もかなわない

バナナ

旅するバナナに老年はない
水や陽射しの奔流に産まれて
若さを生き急ぐ
どんどんどこまでも運ばれて
最期のときまでウロウロしない
運命はいつもむき出し
別れを幾つくり返しても
思い出は追いかけて来ず
別れの悲しみはない

熱帯の大型草本から
大鉈で切り落とされるのが
最初の別れ
大籠にびっしり重なり合って
ずっしり重く
反り返ったまま
勢ぞろいして港の別れ
遠い船旅にも
青年バナナは気力が漲る

荷揚げされ
山積みにされ
房が小分けにされ
ついに一本になっても

実ったばかりの姿
突然にやってくる実と皮の別れに
何のためらいもない
旅するバナナは完熟を前の
太くもない短い一生だった

一本だけ食べ残され
生ゴミの間で
冷たい風に当たれば
急に年老いて黒ずんで
バナナは涙もろい
慌ただしい別れが
順番に思い起こされ
すべてが永遠の別れだったことに
気付くからだ

少し生きのびたバナナを
泣かすのは簡単だ
別れのドラマを差し出せばよい
命短いものの別れを見せればよい
もう戻ってこないものとの
別れの瞬間を
思い出させてやればよい
生身の移ろいの頼りなさを
その内面の色に加えてやればよい

林檎の思い出

林檎はいつまで紅いのだろう
林檎はいつまでも紅い

コーカサスの山を出てから
ずいぶん諸国を巡り
辛く悲しかった出来事も多いのに
林檎は何にも言わない
ときどき故郷に思いを馳せるだけだ

雑木林の上の抜けるような青空
そこに色付いていた小さな実の
鳥や虫たちも好きだったその色
それ以来どこへ行っても紅い実
大きな実に改良されても紅い実

花を咲かせるたびに
夢にコーカサスが現れて
どの丘に根を張ることになっても
夢の中の青い空へ
その実を差し出すことができたのだった

根の悲しみや葉の辛さからは
遠く離れ
みがかれ飾られ

万人に美しい色に変えられ
誰の夢の中へも入って行けるのだった

「果」系図を生き延びた林檎の一番の思い出は
一族がたどり着いた新天地の土の味ではなく
アダムとイブのエデン追放のことでもなく
どこの子供も好んで塗った紅い色
子供が描き歌うかぎり林檎は紅い

林檎に「実」の上話は
いらなくなってしまった
辛く悲しい記憶はすべて
紅い皮の内側で
甘酸っぱいジュースに変わってしまった

花梨

それは
僕から距離を保ち
庭石の上に
ほとんど揺れもせず
垂れ下がる黄色いオブジェ
寂しい果実

果実への裏切り――
渋味を内蔵し
それを恥じて

ジュースは作らず
しかめっ面で
果肉を堅くしている

いっそ
内を見せない石に
なろうとして　石にはなれず
せめて　果実の証明をしようと
汗をかくほどに力を込め
淡い香りをそっと漂わせるが

北風に落下し
春風の中で全身を茶色にし
香りを異臭に変えて
時間に抗ううちに黒ずみ

硬直したまま
土の中へ腐朽してゆく

己を守ろうとすれば孤立する
仲間を得るには
閉じ込めた秘密を明るみに出し
砂糖漬けにされたり
蒸されたりしなければならない
それでも万人の果実にはなれない

闇に恐怖が
溶け込んでいるように
花梨には羞恥が
しまい込まれている
一口でも囓ろうものなら

口内は皺だらけだ

だが野に植えられて
落下するに任せている限り
果実の王国の機密が
隠蔽されることはない
ビッグ・フルーツになって
陰謀の闇を抱え込むこともない

改良されずに
生き続けてきた
中空のシーラカンス
ゴルゴタの丘に転がるのを
望むかのように
ゴツッと落下する花梨の実

連帯

花も一回限りだ
今季限り今宵限り
そうしてこの場限り
命短く色褪せて萎れて
一夜明けたらもう散っている

だからその間に必ず
夢を見ておかなければならない
去年の花が一度だけ見た夢

明日生まれ変わる夢
それを葉に伝えなければならない

葉は空の底の一枚一枚だから
風にそよぐ一枚一枚だから
クロロフィルの満ち満ちた
万国の緑になって
一回限りの約束する

そのためにクロロフィルは連帯する
スローガンは
「花から果実へ」
「花も実もある樹木を」
「果実に顔を　黄金に輝く顔を」

そろって支える
支え合ってこそ同志
奪い合わない
独り占めをしない
分かち合ってこそ同志

くまなく照らす太陽の下で連帯する
遠くから私心無く照らす太陽の下で連帯する
気まぐれな方針転換もなく
今季限りという条件も
苛酷な運命ではない

重なり合うほどに繋っているのに
求道者のように己の道を行く
別々の大陸に根を下ろしているのに

竹馬の友のように
分け隔てのなく呼び合う

約束を果たして
連帯の賜
夢は計量のできるものになる
次の約束は次の夢のあと
万国のクロロフィルはまた来年連帯する

II

少年期

君知るや炎暑のなかの少年期
実りの決意に沸き立つ果実たち
水が昇って緑濃く
陽を浴びて緑濃く
疲労困憊
月夜の静かな一息

雷雨は酸味を誘い
熊蟬の大音響は甘味を誘う

夕陽を浴びてその日の仕上げ
つやつや丸く
約束は一つ　希望は一日一日
少年期

君知るや炎暑のなかの青蜜柑
人の昼寝の間に飛躍する
急げや　急げや　少年期
朝の微風が吹いて　それからは
真っ直ぐ上って行く夏の坂
まだ酸っぱく青い火照る坂

光

空にあふれる五月の光
雨間に照らす六月の光
雷雨が洗った七月の光
地面を焦がす八月の光
火照り熟した九月の光
風に濾された十月の光

陽光は緑の葉を通って
果実の色になる

例えば午後の丘の蜜柑色
例えば棚に垂れる葡萄色
例えば青空に座す林檎色
果物屋にあふれる野の光

光のジュース

よく熟した果実は
光でできた半年の喜怒哀楽を
残らず記憶しているよ
棋譜を諳んじている名人のように
豊かな実りの手順を
狂いなく並べて詰めて
丸くなっているよ

その果肉を一口食べてごらん

今は何もかも懐かしい喜怒哀楽が
光を湛えて
澄みわたり
甘く酸っぱいジュースとなって
乾いた喉を
流れてゆくよ

遠方

そんなに遠いのに
あなたはぎらぎら照りつけて
有無を言わせず
命を急がせるのです
そんなに遠いのに
あなたは直接に迫るのです

あなたの下では
何も新しくはありません

果実たちは一年ごとに
あなたの下で生まれ変わるだけです
一つの果実はそのたびに
宇宙の広さを知り　因果を知るのです

夜の果実たちは大地の陰で
もっと遠くの光芒を知り
宇宙の深さを知り
夢や幻を育てます
だが夜が明けたら
あなたを浴びて自分探しです

そんなに遠いのに
あなたはこんなに身近です
どんな果実も分け隔てなく

言葉もでないほどに照らすので
選び取った色で
あなたの孫であることを証明します

太陽系

私が木陰に陽射しを避けて
滴る汗を拭っている時刻に
足下に射している陽の光の
何ともまぶしくて暑いこと
陽は遥かに照り輝く
葉も照らされて輝く

光は昼も夜も太陽系にゆきわたり
昼のクロロフィルにゆきわたる

それにしても南中する太陽と
果実の間の広大さよ間近さよ

セザンヌ

「リンゴとオレンジのある静物」に出会う

あなたが何度も通った
丘の田舎道
エクス・アン・プロヴァンス

あなたの絵筆は愛を貫いた
山と木々は虚空と響き合い
直線と曲線の音楽を奏でた

アトリエにもどれば

果実たちが器や布も仲間にして
位置を分け合い寄り添い

光が移ろうその奥に
星座のように離れて引き合う
揺るぎない一瞬が用意されていた

あなたは絵筆だけで愛を貫いて
あなたは果実の原型だけを重ね
あなたは色彩を堅牢に積み上げ

リンゴたちオレンジたちにも
サント・ヴィクトワール山と対座する
幸福が与えられたのだった

陶淵明は悠然と眺め
あなたは倦まずたゆまず描き
果実たちは幸福であり続け

夜の果実 Ⅰ

速水御舟「鍋島の皿に柘榴」に出会う

永遠はいつも簡単に
闇へと吸い込まれていってしまうが
美しい器のなかに
しばらく留めておくことはできる

あなたは時が静かに向きを変える夜の底から
そっと取り出した鍋島の皿を
降り積もった薄明かりに
私が俯瞰できるよう浮かべたのだった

暗闇を住まわせ
木箱のなかで数百年を過ごした皿は
いま柘榴ふたつを容れて
少し潤いを得て

果皮は陶の艶に応じて
紅が差し少し華やぎ
色白の紅を
透き間を残さずに内蔵している

何も求めなかったその皿に
あなたが固定したその瞬間は
いまもゆるぎなく留まっている
あなたが描き出した柘榴の最良の保存状態

器と果実とが出会って
明と明、陰と陰、乾と乾、硬と硬の
危うい均衡の堅牢な一瞬
いよいよ玲瓏なあなたの眼差し

その先で
空はいつも地平線を連れていて
水流の音はかすかに揺れていて
こうこうと照る月光は砂粒にしみ
太陽の炎の遠い轟音は小波となり

次の一瞬か数百年後か
内なる薄紅色は
裂けた果皮のあいだから

いつ夜の薄明かりに照ってもよいのだ

夜の果実 Ⅱ

枝にあるときは
広大な空の底のほんの一点
緑の風景に調和する控えめな
華やぎ

テーブル上の
白い陶器に盛られるときは
描かれたように映る
瑞々しい自画像

夜が深まれば
みんな闇のなか
光になりたくて
自身が夢と化す

まるで人が
言葉になろうと
目を閉じて
無言の闇と化すように

月光 I

月は
鏡だ
陽の光を
反射する鏡だ
蓋——
地球の影が
徐々に移動していって
鏡がすっかり円くなったころ
蜜柑は

送られてくる光の静寂で
化粧をする
そのとき蜜柑に
映るのは
中天の月

月光 Ⅱ

月は
鏡だ
山の端から山の端の
その空の果てしない静寂を
映している小さな鏡だ
月が
地上にも
少しばかり照り返してくる
それを浴びて

蜜柑は
内部から
成熟している
宇宙を
真似て

歌

歌のときこそ幸せのとき
歌のときこそ内面のとき

それがどんな器官によるのか
どんな形式なのか分からないが
まぶしい朝の光のなかで
たしかに蜜柑は歌っているように思う

私の足取りは軽くなり

それに合わせて躍りさえするのだ
私が丘を登り下りするとき
空に接した蜜柑たちの斉唱は
光溢れる虚空へ
静かに広がってゆく
鳥がそこを飛ぶとき
鳥は広大な歌を渡っている
時には声を弾ませたりするのだ

その酸っぱい記憶も苦い記憶も
歌になれば透明になるらしい
それを聴けば
私の歌も澄んで軽くなり
光溢れる虚空へ
静かに広がってゆく

星がそこを過ぎるとき
星は仄明るい思い出を渡っている
時には一瞬流れて光ったりするのだ

夕暮れにも歌っているように思う
私はその果樹の陰に佇んで
耳を傾けたりするのだ
蜜柑が陽の光に触れて
かすかに奏でる再会の歌が
残照の尾根まで伝わってゆく
私がそれを辿るとき
私はどんなに幽かな響きをも渡るのだ
時には沈黙の深みへ歩み入ったりする

歌のときこそ内面のとき

歌のときこそ幸せのとき

雪の夜

湯船に浸かると
足先がじんじんしてくる
蜜柑園はしんしんとして
雪は葉にも土にも舞い降りているのだ

こんな夜
根は眠らないだろう

根毛の周りに
土中のわずかな温もりを集めて
そっと灯しているだろう
冷たい指に吐息をかけるように
夜はしんしんと白く
地中に仄かな小さな夜景
蜜柑園の凍える根は
じんじんしているだろうか

束の間

葉は緑に熟し
果実はその間で
色を増して
枝重く

陽も熟して
夕映えは
空の深みへ
遠離ってゆく

それは紅葉や壁や
人の顔だけでなく
垂れている蜜柑にも
仄かに照り

群れ垂れる
球面たちは
束の間の
薄化粧

見る見る陰ってゆく
幸福のとき

願い

果実は垂れ下がっていてほしい
中空深く　見上げられるところにあってほしい
それは手を伸ばすだけでは
届かないところにあってほしい
爪先立って収穫したい

果実は束の間の豊かな時間を
みずみずしく生きてほしい
長く青い季節の後

ありふれた一日の終わり
夕映えの中を一度だけ通り過ぎるように

果実は貴重な一つ一つであってほしい
どの一つも無数の時間の合流する
静かな到達点であってほしい
熟し切って　そこで危うく留まる
澄み切った均衡であってほしい

III

梨幻想

ジリジリ暑い無風の正午
蟻は梨棚の下に列を成し
ニイニイ蟬の鳴き声を浴びながら
地中の梨栽培を思い立つ

白い果肉は
砂でできた水だから
材料は白いサラサラの砂
そして澄み切ったサラサラの水

水は地表数センチの
動かぬ大気から取り出し
砂は清流の岸辺から
リレーで運んできて

ニイニイ蟬が大音響と葉裏の沈黙を併せて
雄弁な静寂に変えるように
ふたつ併せてきらめく水状の固形物
微風にも流れ出しそうな四角く固い液体

それを嚙めばシャキシャキして
白い砂はたちまち
透明な甘い水
蟻たちの容器不要の携帯飲料

柿幻想

梢に一つだけ残り
何度も夕陽に照らされて
もう落ちる寸前だった柿を
通りがかりに啄んでしまった鴉は
何か忘れ物をしているような気がして
連れ立つ一羽もなく
あわてていつもの通い路を帰ったが
古巣へは戻らず
残照の谷を探して奥山へ飛ぶうちに

眠りを知らない天狗になって
残夢累々たる
洞窟のような夜陰を飛び続けたが
行っても行っても
真っ暗闇
それでも先へ進んだら大天狗になって
行き行きて
行けば行くほど後ろが気になってきて
不眠の目はつい振り返り
すると目の前がいきなり開けて
歳月が野辺に捨てた郷愁
黄泉が柿色に灯して寄こした
この世への郷愁

明け鴉が柿の木の辺りで

ひょいひょいふらついていたなら
それは大天狗が目を覚ましたばかり
郷愁に悪酔いしているのに違いない

桃

いきなり触れてはいけない
薄紅の差す薄皮一枚
艶やかな花の春愁を包んで
張り詰めている果肉

それは初々しさの震えが印した
見えない傷の
全部をそのままに
もちこたえている静かな歓喜

指先の何気ない無遠慮が
芯まで茶色に曇らせるから
まずそっと手の平に載せる
ずっしり重い無防備なひとつ

それから丁寧に皮を取って
丸ごと一気にかぶりついてやる
酸いも苦いも遠い記憶の水の菓子が
口元からも指の間からも滴り落ちる

食べ終わればすばやく丁寧に埋葬してやる
熟してからやっと現れた
初々しさの危うさが
腐り始める前に

ザボン

ひとつの手には収まりきらなくて
両手に載せると
ほどよい重さがたなごころに伝わり
分厚い皮の湾曲が指に接して
両手は幸福なのである
花や鳥のさえずりを愛でるように
目を閉じてしばらく
心地よさを確かめたあとで
テーブルにじかに置くのである

ザボンは他を圧しない
月日がゆっくり描いた素朴な輪郭で
室内の空気に接し
月日が蓄えた豊饒をたっぷり抱えて
テーブルに馴染み
その位置で
幸福な存在なのである

私はザボンを何週間も
テーブルの上に置いておくのである

魔王ドリアン

ドリアン！
プランテーションに育たなかったおまえは
悲しくはない
整列も点呼もしたことのないおまえは
寂しくはない

全身に棘を突き立てたドリアン！
フルーツにはならないドリアン
フードにはならないドリアン

おまえは包装されない
露店に積まれよ　吊されよ

熱帯雨林へ続く果樹園がおまえの庭だ
剪定も矯正もされずに伸びた高木が揺り籠だ
雨と陽射しが交互に満ちる中空
おまえはその孤独のなかに居ればよい
情熱と沈黙を贅沢に消費すればよい

熟すのをじっくり待って
人がいないのを確かめてから落下し
堅牢な殻に甘美な塊を堅持して
虎も猿もバナナもマンゴーも噂する果実の魔王になれ
きっとおまえを訪ねてゆくよ

数え切れない香りのカクテルが
僕の小暗い記憶の目を覚ます
食べられたおまえは
おまえの風景　おまえの視線を
残してゆく

地中果

地中にも果実が実るのである
根も幹も枝も葉も不要の
仄かな光の集まりである

広すぎる空に
何世紀も寄せては引いて
疲れを覚えた昔の光が

春の雨に溶け

土に浸みていって
しばらく休息していると

秋の夕暮れ
水なのか光なのか
分からない球体が地中に熟す

そのとき地中から
空に向かって
薄明が放たれるのである

そうしてまた
月の辺りまで昇っていって
何世紀も光の暮らしをするのである

私は命の短さに
気付いてからというもの
寂しくなってそれが食べたくなり

夜にはしばしば頭を垂れて
地中を思い
頭を上げて光の疲れを思う

古い土地によく見出されるが
必ず一人で食べるべき
果実のようである

遥か地平線まで行けば
空と地が接しているから
必ず出会えるとも言う

仄かに光る果実は
鉱脈をたどるように細々と
そちらへ寄せているのかも知れない

内部

花も果実も
もともと内部のもの
たとえば地中のもの
たとえば幹のなかのもの
花は小さな希望を抱いて
朝の光のなかへ

果実は汲めども尽きせぬ思い出を湛えて
風の休息のなかへ

たとえば葉の間
たとえば丘の上

夕陽に照り映えるとき
内部は完熟の姿を現す

テーブル上に位置を与え
しばらく美し追憶の時を

尽きせぬ思い出があれば
また始まる花と果実

報告

太陽から遠く離れた
枝先のその位置で
てんでに天真爛漫に
内側から突っ張って
葉叢に名乗りを上げ

涼風が丘を撫でてからは
皮も実も　どの細胞も
夕陽に照る黄金色を思い出し

一日一日ゆっくりと
地上の階調へ納まってゆき

きのう果実たちは
「これでよし」と言った
丸くて甘くて小さな水系
そこもまた宇宙の果て
二十億光年の幸福な孤独

蜜柑に添えて

花は初夏の半月
実はそして半年
南の湾にあふれる輝きに憧れて
この色が決まりました

夏の位置からは
ずいぶん垂れ下がり
甘味酸味に満ち満ちて
もうすっかり野の静物でした

後書き

命というものの短さ（あるいは移ろい）が自覚されてからというもの、そのことを嘆いたりすることが増えたが、この世に対する愛着も明確になってきた。というより、強くなり、もっと言えば、一つの事に拘るようになってきた。残された時間で、自分に自分の人生を納得させせなければならない。明確な答えがなかなか得られない。自身の内面に関することだから少々困るのだが。

私の精神の拠り所は、あらゆるものは、たとえそれが命短いものであっても、また移ろうものであっても、すべてどこかで完結できるものだということだ。

肉体の完結は確実なことだが、幸いに今はまだ現実問題ではない。肉体のあちこちに予兆が現れるだけだ。内面については、生活のなかで、具体的なものに思いを寄せたり、繰り返し虚空に思い描いたりして、創り上げるしかない。そうして思い定めるしかない。思い定まったところで、完結の意識が生じ、内面は安定してくるはずだ。

野の草は一旦刈り取られても、また急いで芽を伸ばし、花を咲かせ実を付け、季節の巡りに合わせようとする。時間の許す限り、その季節のなかで完結しようとする。もしそれが命あるものの運命であるならば、私にそのような望みが生じても不思議はない。内面を賦与された人間が、その完結を願ってもよいと思う。

そんな私にとって、果実はまるで同伴者だ。果実が熟してゆくのを見届け、自身もその果実のように熟したいと思うだけで、心が慰められる。見ても食べても賛辞を惜しまない。少々酸っぱくても、許容の範囲だ。それが果実だと思える。たとえ腐ってしまっても、完熟の後のそれならば、運命は甘受できるものだ。

誰かに感服し、その人のことが知りたくなることもある。私は果実ならどれでも知りたくなる。おまえも私も地上の生きとし生けるもの。おまえにも私にも内面がある。これらの詩作品はそのような思い入れを、何とか形あるものにしたくてまとめたものだと言えなくもない。現実というものに対してほとんど抗しきることのできない私であれば、このような錯覚も数少ない慰めになる。同行に対するお礼である。拍手も花束もないけれども。

竹内新

一九四七年、愛知県生まれ。八〇年から八二年にかけて吉林大学で日本語講師をつとめる。著作に詩集『歳月』、『樹木接近』、訳詩集『中国新世代詩人アンソロジー』(正・続)、『麦城詩選』、『田禾詩選』、駱英『都市流浪集』『第九夜』がある。

果実集《かじつしゅう》

著者
竹内《たけうち》 新《しん》
発行者
小田久郎
発行所
株式会社思潮社
〒一六二—〇八四二　東京都新宿区市谷砂土原町三—十五
電話〇三（三二六七）八一五三（営業）・八一四一（編集）
印刷所
三報社印刷株式会社
製本所
誠製本株式会社
発行日
二〇一四年十月五日